산타 할아버지

그림 : 프랑스 손녀 Lucie Bibolet

로뎀 시집 12

산타 할아버지

지영자 세 번째 동시집

그림 프랑스 손녀 Lucie Bibolet

로뎀 지영자 지음

도서출판 새한

작가의 말

그동안 시적 세계관을 나름 펼친 작업을 돌이켜 보면 로뎀 시집 시리즈로 열세권의 분량의 '서정시'를 발표하였고 서정시를 더 심화시킬 순 없을까?

질문을 던지므로 그에 대한 응답이 "어린 아이로 다시 돌아가자"라는 반추였다.

그리하여 인간 원초적 심원(深源) 그 정서(情抒)가 바로 동시(童詩)에서 나온 것을 발견하여 그동안 모아 두었던 아이의 맘을 세번째 동시를 펴내게 된 것이다

세 번째 동시집 제목 "산타 할아버지."를 조심성 있게 펼쳐 보이며 어린 시절의 추억을 생각하며 자연스럽게 복잡하고 바쁘게 살아가는 어린이들에게 동시를 접하고 용기를 잃지 않고 예술적 감수성과 창의성을 기르며 내면의 아름다움을 가꾸는데 밑거름이 되기를 바랍니다.

첫 번째와 세 번째 동시집까지 그림을 그려준 프랑스 손녀 루씨에게 고마움을 전하며 중학생이 된 손녀 축하함과 아울러 모든 독자들에게 행운이 있기를 바랍니다.

2025년 6월 28일

지영자

추천사

홍 중 기
(남양주시인협회 고문)

　지영자 시인은 세 번째 동시집 제목인 산타 할아버지는 오로지 동심이다.

　동시는 시 가운데 가장 아름다운 장르로 시인이 감지하는 동심을 표현하는 진실하고 순수함이다.

　세 번째의 동시집 산타 할아버지를 모셔오는 시인의 시심(詩心)은 하늘이 주신 올곧은 85편의 소리가 루돌프 사슴코가 끄는 썰매를 타고 오시는 산타 할아버지의 귀한 선물을 독자들에게 나누워 주실 것이다. 그 중 한편을 감상해 보자 .

　성탄 선물

　탄일종이 땡땡땡 어릴 때 부르던 / 생각나는 성탄 노래 / 해마다 기다려지는 / 산타 할아버지 / 성탄 선물 무엇일까? / 착한 아이에게 주는 /성탄 선물 / 생각만 하여도 / 기분 좋은 선물.

시(詩)는 단순한 글이 아니다 한마디 한마디가 삶의 아름다움을 안겨주고 감격하게 해 아름다운 자연을 주신 분께 감사하며 환경을 보호하고 그 믿음은 어려서 부터 그리고 어른들의 마음이 다시 곧게 설 때 우리는 하얀 눈길을 미끄러져가는 산타 할아버지의 썰매를 생각하며 지영자 시인의 동시집을 펼쳐 들 것이다.

로뎀 시리즈로 12번째 시집인 세 번째 동시집 '산타 할아버지'의 출간을 진심으로 축하드리며 독자 여러분에게 추천 드리는 바이다,

격려사

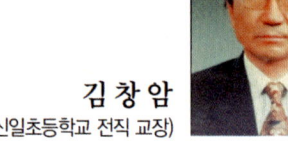

김 창 암
(신일초등학교 전직 교장)

　건강하고 착하고 성실하게 자라가라고 교훈 한 일이 엊그제 같은데 벌써 30년이 지났다. 어린이의 꿈을 펼치고 보람된 삶을 살아가기를 소망하였는데 동시를 접하면서 정직하고 귀엽게 살아 갈 수 있는 활력소가 되리라 생각한다.

　어린이 독자들이 동시집을 읽고 동시의 맛을 느끼며 동시는 어린이와 어른의 기쁨이기도 하다. 담백한 동시를 읽고 희망과 꿈을 잃지 아니하는 어린이가 되기를 소망하여 본다. 대한민국의 아이들 동시를 통해 꿈과 희망으로 활짝 피어라.

신일초등학교
전직 교장 김창암

Contents

 애미의 노래

제2부 은행나무

제3부 눈치 빠른 고양이

제4부 **일곱 빛깔 무지개**

제5부 사과 꽃 향기

제1부

애미의 노래

무궁화 꽃이

무궁화 꽃이 피었습니다
눈 감았다 뜨고
뒤 돌아 봅니다

술래가 되어 찾아 봅니다
움직이지 아니하는 발
모두 꼼짝하지 않네요

다시 시작 합니다
무궁화 꽃이 피었습니다
다시 돌아 봅니다

무궁화 꽃이 떨어졌네요
움직이는 발 찾았습니다
다시 무궁화 꽃이 피었습니다.

지난 밤 개꿈

내가 선생님이 되려고
아니 내가 의사가 되려다
내가 대통령이 되는 꿈을 꾸는데

엄마가 잠든 나를
흔들어 깨우며
무슨 꿈 꾸었니?

박수 소리에 눈을 뜨니
엄마, 내가 대통령이 되었어요
그래? 그건 개꿈이야.

폭우

빗 소리 요란하다
삼백 밀리에서 팔백 밀리

나는 잘 모르지만
폭염에서 폭우다

심어놓은 배추 잎이
폭우에 잠긴다

물이 마당에 가득 찬다
뉴스에 저지대 조심하란다

홍수 주의보가 뜬다
폭염이 맥을 못 춘다

여름이 지나가는 소리
폭우로 요란하다.

하늘 높이

아빠가 만든
가오리 연

하늘 높이 두둥실
높이 높이 날아라

바람 따라
하늘에서 두둥실

고기처럼 헤엄치는
가오리 연.

소꿉 장난

오늘 우리 아빠 놀이 하자
너는 엄마, 나는 아빠

순이는 딸 간호사
철이는 아들 의사

예쁜 집도 짓고
꽃과 나무도 심자

아빠가 아프면 아들이 진찰하고
간호사인 딸이 주사 놓아주고

행복한 우리 가족
서로 도와주는 우애 있는 가족

열심히 살아가는
재미있고 신나는 소꿉 장난.

바다 오염

몰래 버린 쓰레기
바다를 오염시키네

고기가 먹고
아프다고 하면 어떻게 해

바다가 오염되면
바다의 고기 살 수 없네

고기도 살고 바다도 사는
청정한 바다

내가 버리지 아니하면
바다가 살아나네.

붕어빵 이레요

사람들이 나를 보고
붕어빵 이래요
길가에 파는 붕어빵
내가 좋아 하는 고소한 맛

천원 주면 세 개 주는
따듯한 붕어빵
내가 좋아하니 나를
붕어빵이라 할까

아니래요
내가 엄마와 똑같이 닮아
붕어빵이래요
예쁜 울 엄마 닮아 참 좋아요.

봄 소식

내가 좋아하는 목련꽃
고깔 모자 쓰고
잎은 보이지 않고
웃고 있어요

나비 한 마리
찾아 왔어요
고깔모자 위에 앉아
사뿐 사뿐 춤을 추어요

봄이 왔다고
소식 전하려 왔나 봐요
며칠 있으면
목련이 활짝 웃을 거예요.

성탄 선물

탄일종이 땡땡땡
어릴 때 부르던
생각나는 성탄 노래

구세군의 자선 냄비
거리에서 딸랑딸랑
알려주는 성탄 소식

해마다 기다려지는
산타 할아버지
성탄 선물 무엇일까?

착한 아이에게 주는
성탄 선물
생각만 하여도
기분 좋은 선물.

세계의 물난리

지구가 여름에는 뜨거워 펄펄
태풍이 가을 장맛비와 겹쳐
비구름을 몰고 왔네요
중국과 유럽은 범람하고 있는 빗물로
도시가 물에 잠겨 떠내려 간대요

100년 만에 쏟아진 비의 반란
세계가 놀라 당황하며 대책이 없네요
삼백 밀리 폭우에 물바다가 된 부산
뉴스에 전파되는 장마 전선
하늘이 내린 물 무서워요

우크라이나와 러시아의 전쟁
끝이 보이지 않고
중동에 터지는 전쟁의 불씨
겁을 주는데 여기저기 불길한 소식
가을비로 깨끗이 씻어주면 얼마나 좋을까!

송편 빗기

누가 송편 예쁘게
잘 만들까
하얀 쌀 반죽에 고소한 통깨

동글동글 달 모양
반달 모양 누구 솜씨
이뻐져라 조 물 조 물

송편의 달인 우리 엄마
따라갈 수 없지만
모양도 가지가지

그래도 가족끼리 오순도순
내가 만든 송편 모양
잘 만들었다고 난리 났네.

윷놀이

즐거운 명절날 친척들이
다 모였네
전통 윷놀이 무형 유산
우리 가족 모두 즐기는 장난감

서로 마주 보고 하하 호호
오랜만에 던져 보는 윷
공중으로 휙 떨어진다
마음대로 되지 않는 윷놀이

우리 아빠 개, 우리 엄마 도
할아버지는 윷
큰아빠 작은 아빠는
말판 전진 시키느라 야단 법석

누가 이기든지 지든지
끝이 보이지 아니하는 윷판 놀이.
웃고 떠드는 소리
명절 분위기 살아나네.

보름달

추석날 보름달
구름에 가려진 보름달
구름만 야속하게 흐르네

비가 오려나
구름에 숨겨진 보름달
숨바꼭질 하네

계수나무 옆에 토끼
잠만 자고 있을까
보름달 안고 꿈을 꾸고 있을까!

바람의 종류

바람이 소근 소근
누나의 머플러 팔랑 팔랑
봄바람인가 봐요

바람이 후끈후끈
얼굴에 땀방울 송골 송골
무더운 여름 바람 인가 봐요

나뭇잎이 살랑살랑
코스모스 잎이 한들한들
가을바람에 과일이 익어가네요

찬 바람 소리 윙윙
나뭇가지가 흔들흔들
모자가 날아가는 겨울 바람이네요.

산타 할아버지

분수

물놀이 하는 날
물보라에 젖어도

물장구 쳐도
분수는 알아야지.

비가 오면

비가 오면
우산은 엄마 품이다

비가 오면
우산은 바람막이다

비가 오면 우산은
엄마처럼 같이 다닌다

옷 젖지 말라고
우산 든 손 놓지 않는다.

산타 할아버지

별

너는 너무 멀리 있구나
내가 갈 수 없는 하늘
셀 수 없는 많은 별
누가 만들었을까

어두운 밤마다
반짝이는 너의 눈빛
멀고 먼 하늘에
누가 달아 놓았을까

밤마다 너를 생각하는 마음
알아 주기나 할까
별 하나 나 하나
하나님이 만든 별나라.

제2부

은행나무

씨앗

할아버지가 심은
배추 씨앗
흙을 밀고 쏘옥
파란 목을 내민다

아이 귀여워
네가 어떻게 어두운 땅속을
헤치고 나 올 수 있었니?
신기하구나

한 알의 씨앗이 썩어야
산다는 예수님의 말씀
너도 알고 있었니?
죽어야 다시 사는 비밀을

너를 보니 생명의 신비
알 것도 같구나
너를 보니 무지 반갑다
하늘만큼 땅만큼.

은행나무

우리 동네 문지기
오십 년 된 은행나무
초록 옷 벗고
황금색 옷 갈아 입었어요

가을이 왔다고
비단 옷이 바람에 살랑 살랑
떨어지는 소리 톡 톡
황금 알이 떨어지네요

쌓이는 은행 잎
발걸음도 가볍게
나의 머리에 떨어지는 잎
어디든지 따라 간대요.

파도

저 멀리 밀려오는 파도
바위에 부딪히는 하얀 포말

찰싹찰싹
밀려오고 밀려가는
파도 소리 쏴

발가락 사이 모래와 함께
춤추며 노래하는 파도

철썩 사르르 파도의 노래
듣기 좋은 바다 노래.

소풍

우리 모두 모여
손에 손잡고 하나 둘 셋

즐거운 봄 날 소풍 가는 날
신 난다
즐겁게 소풍 가는 날

우리 다 함께
발걸음도 가볍게 하나 둘 셋

노래 장단 맞추어 야호 야호
파란 하늘 하얀 구름
야호 야호.

우리 다 함께

숲속을 걸어가요
우리 다 함께
산새들 노래하는
숲속을 걸어 가요

해님은 웃고 있고
바람은 살랑살랑
우리 다 함께
숲속을 걸어가요

시냇물 소리 졸졸
산들 바람 살랑살랑
들꽃이 마중 나온
숲속을 걸어 가요.

이슬 방울

아침 일찍 새소리
단잠을 깨우네요

할아버지가 심어둔 상추 잎에
송골송골 맺힌 이슬 방울

아름다운 옥구슬
어디에 수 놓을까

엄마 저고리에 내 조끼에
아니 야 그건 아니야

옥구슬 조롱조롱 끼어
네 목걸이 만들어야지

해님이 나를 보면 심술 나
밤에 다시 숨겨 둘 거야.

종이 비행기

색종이로 접은 종이 비행기
친구들과 함께 만든
종이 비행기
파란 하늘 향해
날아가다 떨어지네

빨강 파랑 노랑 종이 비행기
나비처럼 날아라
잠자리처럼 날아라
예쁘게 폼만 잡고
날다가 떨어지는 종이 비행기

내가 만든 종이비행기
핵폭탄 보다 무서운 위력
우주를 펼치며
어린이의 꿈을 실어 나르는
자랑스러운 종이 비행기.

단풍잎

밟으면 바스락 바스락
가을 소리가 나네요
노랗게 빨갛게 물든
예쁜 단풍 잎

나무에서 우수수
떨어지는 소리
사부작사부작 자꾸만
떨어지는 소리

가을 노래처럼
들려오는 단풍잎 소리
바삭바삭 타오르는
단풍잎 노래.

짝궁

하루가 시작되는 아침
가방 메고 등굣길
발걸음도 가볍다

웃음꽃 피는 친구
만날 생각하면
마음도 가볍다

귀염둥이 내 짝꿍
매일 만나도
자꾸만 보고 싶은
내 짝꿍.

즐거운 숲

포롱 포로 롱
산새들이 지저귀는 즐거운 숲

풀벌레 모여 사는 숲속에
재미나는 이야기 들으며

발걸음도 가볍게 하나, 둘, 셋
새들의 노래 따라 흥겨운 발걸음.

잘 익은 토마토

폭염이 몰려오는 여름
아침마다 물을 주는 할아버지

"토마토야 잘 크거라."
하루가 다르게 열매가 주렁주렁

잘 익은 도마도 따서 주신다
입에 넣기가 아까운 도마도

"물은 내가 주지만 자라게 하시는 분은
하나님이 하신다."고 하시는 할아버지.

흰 배추 나비

배추 사이사이
오르락내리락
숨바꼭질하는 흰 나비

배춧잎 언제
갉아 먹었나
줄기만 남았네

신기하게
잎만 다 먹어버린
얄미운 배추흰나비.

산타 할아버지

가을

여름이 지나
가을이 왔다고
코스모스가 피었어요

옷깃에 스치는 바람
살랑살랑 나도 모르게
찾아온 가을바람

구름 한 점 없는
파란 하늘
정겨운 햇빛 빙그레

국화꽃 축제 열린다고
소식 전하는 가을 바람
가을이 왔습니다.

병원

서울에서 병원 하면
모르는 사람이 없는 소문난 병원

내과, 외과, 산부인과, 어린이병원
이곳에 오니 안심이 된다

마스크 쓴 환자
줄지어 기다리며 밀려 오간다

아픈 환자들을 치료하시는
존경하는 의사 선생님과 간호사님

우리나라 병원이 자랑스럽다.

귀여운 내 동생

웃으면 복이 온대요
깔 깔 깔, 하 하 하
장난기 발동하는
동생의 웃음소리

킥 킥 킥, 호 호 호
많이 웃으라고
장난하며 간지럼 타게 하는
개구쟁이 내 동생

웃으면 복이 온다고
아빠보고 엄마보고
웃게 만드는
귀염둥이 내 동생.

뭐하고 먹나

아침에 제일 먼저
일어나는 우리 엄마
오늘은 뭘 먹나?
걱정이 많으신 우리 엄마

삼시 세끼 준비하신다고
푸념이 많으신 우리 엄마
상에 둘러 앉은 우리 식구
영양식 만점인 밥상

잘 차려주시는 솜씨
우리 엄마 자랑스러운 손맛
365일 걱정 많은 반찬
무얼 해서 먹일까?

염려 많은 우리 엄마
세상에서 제일 예쁜
사랑스러운 우리 엄마
엄마 사랑 먹고 사는 우리 가족.

옛 생각

옛날 고향 학교 운동장
친구들과 같이 뛰어 놀던 곳
축구 공 차며 소리 지르던
친구 생각이 나네요

느티나무 우거진 교정
벚꽃이 만발한 교정
교장선생님의 훈화가
정답게 들리던 운동장

사랑하는 친구들
다 어디 갔을까
즐겁게 부르던 교가
다시 부르고 싶어요.

고목

오래된 벚꽃 나무
보기 싫은 고목

구멍 뚫린 사이로
얼굴 넣고 메롱

잎도 꽃도 볼 수 없는
오래된 고목

베어버린 고목
쓸쓸한 빈 자리.

제3부

눈치 빠른 고양이

눈치 빠른 고양이

한 마리가 아닌 여러 마리
다리 밑에 종이 박스 집

눈치 빠른 고양이
눈이 반짝 반짝 야 옹 야 옹

나하고 놀자 이리와
슬금슬금 눈치만 보네

누가 두고 간 밥 그릇
고양이 밥이 가득

먹다 남은 고양이 밥
배 고프다 어서 먹어야지.

우리 집 강아지

아빠가 출근 할 때
안녕히 다녀 오세요
엄마와 스킨 쉽 뽀 뽀 뽀

학교 갔다 오면
비어 있는 우리 집
강아지가 반기며 꼬리 살랑살랑

언제나 반갑다고
예쁜 꼬리 흔들며
지켜주는 우리 집 귀염둥이.

봄

봄 봄 봄
봄이 왔어요
초록 치마 입었다고
뽐내고 있어요

산과 들에
피어 있는 예쁜 꽃
빨강, 노랑 저고리
꽃신 신고 봄 마중 오라고

꽃길 따라 졸졸
꽃봉오리 예쁘게
봄이 왔다고
아지랑이도 찾아 왔어요.

첫 눈

2024년 11월 27일
아침 창문을 여니
첫 눈이 내렸어요, 엄마
우리 집 목련 나무 위에
솜 사탕처럼 대롱대롱 신기하네요

대설 특보인 전국이 은가루로
일 년의 첫 선물인 첫눈
가난한 자 부요한 자 모두
하얀 이불처럼 눈을 덮어
하나 된 세상이 되었어요

눈 꽃으로 덮인 은빛 세상
엄마 손잡고 걸어가요
하얀 세상 사뿐사뿐 걸어가요
소복이 쌓인 하늘이 보낸 편지
천천히 읽으며 걸어가요
엄마, 환상적인 아침이에요.

산타 할아버지

우리 교장 선생님

월요일은 전교생이
운동장에 모입니다
제일 먼저 교장선생님의 훈화
우리에게 칭찬만 하시는
우리 교장 선생님

한 가지씩 착한 일 한 학생에게
칭찬을 아끼지 아니하시고
용기를 북 돋아 주시는
우리 학교 선생님
자랑스러운 우리 선생님

우리는 우리 학교 선생님과
학생들이 서로 좋은 점만
칭찬하고 나쁜 일은
말하지 않고 격려 해주는
자랑스러운 우리 학교입니다.

감

감 중에도
나는 단감을 좋아한다

할머니는 홍시를
좋아 하신다

감을 보면 하늘나라에 가신
할머니 생각난다.

산타 할아버지

낙엽

늦은 가을이 되면
나무에서 살랑살랑
나뭇잎 떨어지는 소리
들리네요

길 바닥에 누워있는
예쁜 단풍잎
가을이 주고 가는
마지막 선물이래요

겨울이 오기 전
훌훌 벗어버린
외롭게 선 나무
봄을 또 기다리네요.

택배 아저씨

빨간 우체통 심심할 시간
발 빠르게 달려가는
택배 아저씨 보셨나요?

오늘은 누구네 집으로
기다리는 선물 나르는가
정확하게 배달되는 택배 시대래요

디지털 시대 우체국 사명
발 빠른 현대 문명의 혜택인
빠른 배달의 선각자는 택배 아저씨래요.

배추

화단에 심은 배추 열 포기
할아버지가 겨울이 오기 전
알 베기 배추 쏙 따시고
배추 겉 잎 따로 챙기신다

우리 할아버지 고운 손이
만능 기계처럼 살살
가볍게 움직이신다
운동 대신 소일 거리 장난감

자상하신 우리 할아버지
할아버지 손이 가면
무엇이든지 척척
교장선생님 우리 할아버지
아마도 배추도 알 거야 .

김장 하는 날

할머니가 무 쪽파 미나리 갓
깨끗이 씻어두고
준비 하시는 손이 바쁘다

구순을 바라보시는 두 분이
오손 도손 정겹게 이야기하시면
20킬로 되는 적은 양이 웃는다

앞치마 두른 할아버지
무 채 썰기 손이 재빠르다
새우 젓, 멸치 액 젓, 까나리 액 젓

골고루 펴주는 손
고춧가루 범벅이 된 양념
잘 버무려진 양념처럼 어울리는 두 분

김장하는 날
김치 맛이 최고다.

도라지 꽃

할머니가 심어 놓은
도라지 꽃이 너무 예쁘네요

보라색, 흰색 별 모양의 꽃 잎
원피스 입은 우리 누나 같아요

아침에 엄마가 해 주신 도라지 나물
동생이 기침하며 다려주신 도라지 차

꽃도 예쁘고 건강에 좋은 도라지 꽃
할머니가 심어놓은 도라지 꽃

예쁜 도라지꽃 볼 때 마다
하늘 나라 가신 할머니 생각나요.

찔레꽃

언덕 아래 핀 찔레꽃
하얗게 피었어요

학교 갔다 오 가는 길
찔레꽃 맛 있게 따 먹었어요

가위 바위 보
지는 사람 뒤에 두고

맛있게 먹든 찔레꽃
꽃만 피면 생각나는 하얀 찔레꽃.

폭설

오늘 아침 전국이
하얗게 눈 덮인
고요한 백설 나라 되었어요

오늘도 폭설이 내린다고
쑥떡 쑥떡
백 십 칠년 만의 폭설이라고

사건 사고가 많은 눈 내리는 날
수 십대의 항공기 결항
여객선 운항 통제

피해를 입고 어려움을 겪는 사건
인명피해가 속출하는 폭설
백설이 무서운 무기가 되었네요.

가을 바람

가을 바람 솔솔 어디서 불어 오나
여름 지나 가을바람
여기 저기 불어오네
솔솔 시원한 가을바람 불어오네

가을바람 솔솔 어디서 불어오나
새 옷 갈아 입은 나무
내가 최고라고 뽐내며
살살 살랑 가을 바람 불어오네

단풍잎 자랑하는
내장산에 가볼까
설악산에 가 볼까
산마다 가을바람 솔솔 불어오네.

나도 유치원 선생님

우리 엄마 유치원 선생님
아이들이 첫 수업 시작하면
빙글 빙글 돌면서
음악에 맞추어 춤을 추어요

선생님의 호령에 맞추어
랄 랄 라, 랄 랄 라
제일 앞에 서서 춤추는 나를
보고 따라 하래요

재미있는 율동 시간
나도 오늘은 선생님이 되었어요
시간 가는 줄 모르는
재미있었던 율동 시간.

풍선

축 늘어진 고무 풍선
아빠가 푸 푸 불어서 둥글둥글
날아오르게 하였어요

나는 좋아서 폴짝폴짝
뛰면서 풍선 놀이를 하였어요
한참 만에 하늘에서 공기가 빠져
내려오고 말았어요

지켜보신 아빠가 다시금
공기를 넣어 올라가게 하였어요
아빠는 바로 옆에서
우리의 꿈이 올라가게 하시는 분이세요.

꽃과 나

매일 엄마의 잔소리를 먹고 사는 나
아직 초등학생이라
엄마 마음에 들지 아니한가 봐

화분에 피어있는 제라리움 꽃
매일 보아도 잔소리 할 것이 없었나 봐
예쁘다고 매일 칭찬만 하는데

학교 갔다 돌아와
엄마 하고 부르면
"아! 내 새끼 왔어" 하고 환하게 웃어요

잔소리 멈춘 엄마 꽃은
제일 예쁜 꽃이에요.

제4부
일곱 빛깔 무지개

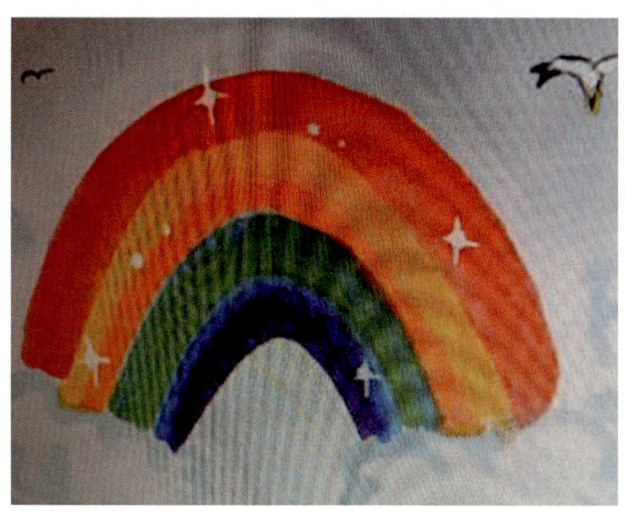

일곱 빛깔 무지개

소나기 지나가고
천둥소리 요란하더니
하늘이 맑아 지내요

겁을 주던 천둥 소리
잠깐 멈춘 사이
해 맑은 일곱 빛깔 무지개

보 남 파 초 노 주 빨
노아에게 주신 약속의 징표
활 모양을 그려 놓았네요.

어버이날

아빠! 오늘 나의 아버지로
계신 것이 고마워요
영원한 나의 사랑스러운 아버지

자랑스러운 나의 아버지는
아니다, 아들아!
나의 아들로 태어나 주어 고맙다

네가 내 아들인 것이 꿈만 같다,
세상에서 둘도 없는 내 아들아
오늘이 어버이 날이구나!

제비꽃

키가 작은 제비꽃
해가 떴다고
웃고 있어요

키가 작다고 얕보지 말아요
봄이 오면 보랏빛 얼굴
너무 예쁘잖아요

제비꽃처럼 나도 키가 작지만
우리 집에서 제일 사랑받는
귀염둥이예요.

치과

엄마! 치과 가기 싫어요
안 가고 싶어요
괜찮아, 이를 아프게 하는
벌레를 찾아야지

그래도 무서워요
치과 선생님이 무서워요
겁난다 말이에요
정말 치과 가기 싫어요

아프다고 밤잠도 안자고 울면서
안 아프게 하는 주사 맞으면
벌레가 꼼작도 못해
정말이에요? 그래도 무서워요.

맛있는 간식

고구마는 버릴 것이 없단다
고구마 줄기는 나물로

고구마 뿌리는 쪄 먹는
건강에 좋은 식품이란다
엄마의 자랑이다

비가 슬슬 오는 날
엄마는 간식으로 고구마와
알밤도 구워 먹자고 하신다

간식으로 풍족한 가을
맛있는 간식은 엄마의 마음이다.

갈매기

푸른 바다 위로
마음껏 날아가는 갈매기

빙글 빙글
던져주는 새우깡

먹고 싶어
되돌아 오는 갈매기

나의 주변을
떠나지 아니하고

오늘은 나의 친구처럼
새우깡 먹고 노네.

여름바다

사계절 중 나는
여름이 왜 좋을까
엄마가 사주신 수영복
자랑하고 싶은 가 봐

밀려 오 가는 파도 소리
철썩 철썩
총 천연색 비치 파라솔
물장구 치며 수영하고 싶은 바다

갈매기 춤을 추며 훨훨
푸른 바다와 파란 하늘
저 멀리 수평선 바라보며
여름 바다 정말 좋아요.

신기해요

아빠, 핸드폰이 참 신기해요.
사전이 필요 없어요
모르는 것이 있으면
다 해결해 주어요

작은 핸드폰 속에
척척 답해주는 핸드폰
만물 박사예요
아날로그 시대지나 디지털 시대

아빠가 모르는 문제 있으면
걱정 할 것 없어요
신기한 핸드폰
연구한 사람들이 대단하셔요

아빠, 지하철 타면 언니 오빠 들이
모두 핸드폰만 보고 있어요
그것도 신기하지요? 아빠.

산타 할아버지

억새

가을 바람에 흔들리는
은빛 물결의 억새꽃 속에
할머니의 은빛
머릿결이 보입니다

억새꽃 은빛 고운 빛이
흔들리며 휘어질 때
우리 할머니의 굽어진 허리
흘러내리는 머릿결도 눈부십니다

바라 볼수록 빛나는 억새꽃
가을이 지나가는 소리처럼
할머니의 하얀 머릿결
가을바람 불어와도 빛이 납니다.

빈민촌

세계 곳곳에 전쟁으로
비참하게 죽어가며
살아가기 위한 피난의 행렬
마음을 아프게 합니다.

인도의 빈민촌에서
가난한 아이들이
쓰레기 더미에서
먹을 것을 찾습니다

빈곤과 부패가 돈과 함께
생명의 귀중함이 사라지고
흙탕물로 목을 축이는
뉴스로 마음이 슬퍼집니다

매일 주워 담아도
담은 것은 가난 이였습니다.

햇살 한 줌

소나기 지나가고 나니
하늘이 환해 졌어요

먼지 씻어준
나무와 꽃 위로

햇살 한 줌 내려와
환하게 웃어 주내요.

맛있는 라면

밥은 매일 먹어도
물리지 않습니다
엄마가 해주는 밥
엄마의 사랑을 먹습니다

그러나 가끔 라면이
먹고 싶어집니다
엄마가 하시기 손쉬운
계란 띄운 시원한 국물 맛

라면의 맛은
묘한 맛입니다
짧은 시간에 끓기만 하면
엄마의 사랑 맛처럼 묘합니다.

감사합니다

엄마는 학교에 갈 때 마다
차 조심하라고 합니다
신호등 잘 보고
길을 건너라고 합니다

학교에 가서
행동도 조심하고
말도 조심하고
선생님의 말씀 잘 들으라고 합니다

위 어른들에게 인사도 잘하고
나쁜 말 하지 말고
항상 걱정이 많으신
우리 엄마, 감사합니다.

기도

기도 잘 하지는 못하지만
아빠 엄마의 기도 하시는 모습
보면서 자란 탓일까
부모님이 물려주신 기도의 유산

부모님 건강 지켜 달라고
언니 오빠 쓰임 받는 사람 되게 해 달라고
나의 희망이 이루어지게 해 달라고
두 손 모으고 기도 합니다

참 좋으신 하나님
나의 기도 들어 주실 거지요?
나라의 평화를 위해서도
믿고 기도합니다.

봄이 왔어요

봄이 오면 눈치 빠른
나비와 벌
개나리 진달래 꽃 위에
뽀뽀를 하고 있어요

노랑 꽃잎이 좋아
빨강 꽃잎이 좋아
여기저기 팔랑팔랑
꽃과 같이 놀아요

잎도 보이지 않은 꽃나무
그래도 봄은
꽃이 피어 알아요
봄은 고운 옷을 입고 있네요.

봄이 오는 소리

봄이 오는 소리 들리나요?
아빠가 씨 뿌리는 소리
엄마가 물주는 소리

움트는 새 싹이 보이나요?
파란 고개 쏘옥 내 밀고
어두운 땅을 밀고 나오는 소리

봄은 오고 있다고
나무 가지 위 고운 파란 옷
쏘옥 내미는 봄이 오는 소리.

할아버지

나이 드신 할아버지
세월이 남겨준 이름
할아버지

할아버지라고 불러줄
손자 없다고
섭섭해 하시는 할아버지

결혼해도, 하지 아니하여도
대가 끊어지는 세상이라고
한탄하시는 할아버지

할아버지 불러주는
손자 없는 나라 걱정
한숨 소리 깊어지네.

제5부

사과 꽃 향기

가을 추수

가을 바람에
벼가 고개 숙였네요
잘 익은 벼
올해는 풍년이래요

익은 벼 거두고 나면
텅 빈 들에 남겨진 볏짚 원형
멀리서 보아도
궁금하네요

엄마, 저것이 뭐예요?
이름도 어려운
곤포 사일리지래요
북극 얼음위에 서 있는
귀여운 흰곰 같아요.

사과 꽃 향기

울타리 쳐진 과수원 밭
사과 꽃이 예쁘게 피었어요

사과 향기 골목 마다
봄바람에 진동하네요

사과 꽃 향기 여기저기
보는 사람도 아름다워요

가을이 오면 빨간 사과
볼수록 먹음직한 예쁜 사과.

산타 할아버지

사랑

사랑은 미운 것을
예쁘게 보아주는 거래요

사랑은 나쁜 것을
바로 잡아주는 거래요

사랑은 처음부터 끝까지
참고 기다리는 거래요

사랑을 알고 나니
모든 것이 이해되네요

부모의 사랑이
바로 이런 것인가 봐요.

어머니 감사해요

세상에 태어나게 해 주신
우리 엄마 감사해요

아빠와 엄마가 함께 계셔
감사해요

형제간 우애 있게 하시어
감사해요

우리 모두 한 가족으로
사랑할 수 있어 감사해요

우리가 성장할 때 까지
아빠와 엄마 옆에 계실 거라 믿어요

힘들거나 어려워도 걱정할 것 없어요
부모님이 계시니까.

산타 할아버지

새콤한 귤 한 상자

귤 한 상자 택배로
보내왔어요

뚜껑을 열자
향기가 진동하네요

제주도 바다 바람에
잘 익은 귤

태양을 닮은 귤
황금빛 얼굴이네요

새 콤 달콤한 귤 한 상자
비타민 C가 풍부하네요

온 가족이 즐기는
건강 식품이래요.

오월에 만난 꽃

페츄니아 마리골드 샤스타데이지
너희들이 우리 집에 이사 온 날
할아버지가 적응 잘하라고
영양분도 주고 물도 듬뿍 주었단다

매일 아침 목마를 가 봐
물을 주는 할아버지
너희들이 사이좋게 지내니
너희들 보는 기쁨이 넘친다

보라색 노란색 하얀색 빨간색
얼굴색은 다르지만, 한 가족으로
파란 치마에 어울리는 예쁜 얼굴
너희들 보는 재미에 푹 빠지는 오월이다

아침마다 안녕 잘 잤니?
화사하고 고운 얼굴
할아버지가 나를 예뻐하는 것처럼
나도 너희가 한 가족 된 것 너무 좋단다.

딸기

딸기나무에 딸기가 주렁주렁
보기만 하여도 먹음직 하네요

똑 똑 따다가 맑은 물에 씻어서
아빠 한 알, 엄마 한 알

새 콤 달콤한 딸기 맛
눈 이 사르르 감기는 묘한 맛이네요

포도 사진

나를 좀!
찍어 주세요
제일 맛 있는 거봉과
샤인머스 갯

포도 중에 인기 있는
나의 모습 정말
예쁘지요
새 콤 달콤한 초록색 얼굴

내가 먹는 모습
포도와 함께
귀여운 모습이에요
핸드폰으로 찰칵 넘 예뻐요.

코스모스

코스모스 꽃 피면
바람에 꽃잎이 춤을 추어요

코스모스 좋아하는 우리 엄마
코스모스 닮았네요

날씬한 우리 엄마
코스모스처럼 예쁘네요

가을이 오면 나도
코스모스 꽃이 이유 없이 좋다

엄마를 닮아 그런가
피는 못 속이나 봐!

봄 눈

3월인데 밤에 눈이 많아 왔어요
비도 따라 오네요
잠자고 있던 꽃나무 깨우나 봐요

굳었던 땅이 놀라 깨어나네요
하늘은 푸르고 구름 한 점 없는
햇살이 꽃밭에 놀러 왔네요

잠자고 있던 새싹 화들짝 놀라
꽃신 신고 달려 나와
봄 마중 나와 꽃 물 들이겠네요.

엄마의 손

엄마의 손을 꼬옥 잡는다

걷는 걸음이 가볍다
내가 넘어질 가 봐

든든한 엄마와 함께 가는 길
잡아주는 엄마의 손

서로 마주보며 웃는 동행
어디든지 함께하여

참 좋은 엄마의 손.

봄 푸성귀

사월 비가 온 뒤
화단에 상추 고추 깨 모종을 심었다
꽃과 함께 어우러진 푸성귀

몇 주 뒤 무럭무럭 잎이
뿌리와 함께 잘 도 버틴다
소리 없이 잘 자라주는 푸성귀

아침 저녁 부지런히 물을 주는 물먹고
할아버지 고마워요, 하는 듯이
아무 탈 없이 잘 자란다

우리 집 화단에 이사 온 푸성귀
땅 냄새 맡으며 잘 버티어 준다
오늘은 상추 잎 따서 밥상에 올랐다
먹음직스러운 모습이다.

독도 여행 한 번 가요

엄마 독도는 우리나라 땅이라고
선생님이 이야기 하시는데
일본은 왜 자기네 땅이라고 우기나요?

엄마 그런데 우리나라는 왜
그 말을 듣고 가만히 있어요?
지도에 우리나라 섬 독도라고
표시되어 있잖아요

미국 막내 이모 할머니가
20년 만에 한국에 여행 와서
울릉도를 거쳐 독도에 여행 왔다고
카톡에 사진을 보내 왔어요

바위 같이 생긴 독도 섬
보면 볼수록 신기하네요
엄마 우리도 독도 여행 한 번 가요.

고목

오래된 벚꽃 나무
보기 싫은 고목

구멍 뚫린 사이로
얼굴 넣고 메롱

잎도 꽃도 볼 수 없는
오래된 고목

베어버린 고목
쓸쓸한 빈 자리.

산타 할아버지

여름

엄마, 올여름은 무지 더워요
에어컨 없이 살수 없어요

선풍기만 돌아가면 시원했는데요
이런 찜통더위는 처음이에요

세계 여러 나라에 일사병에
동물과 사람이 위험 하나 봐요

화단에 식물도 말라 타 죽어요
물을 주어도 소용없어요

이번 여름에 바캉스도 갈 수 없어요
에어컨 바람 밑에서 여름 보내야지요
하 하.

키위(kiwi)

엄마, 키위kiwi가 과일 이름이지요?
그런데 새 이름도 키위래요

이름이 똑 같아 이상해요
맛 있는 키위kiwi 달라고 하면

예쁜 새 키위kiwi가 생각나요
그럴 때는 난감해요

새 키위kiwi도 귀엽지만
요사인 세금 달콤한 키위kiwi가 먹고 싶어요,

산타 할아버지

동시집 "산타 할아버지" 평설

지 명 관
온석대학원대학교 (사회복지학) 교수

동시집 "산타 할아버지"는 어린이의 시선으로 바라본 세상과 일상, 그리고 역사적 인식이 자연스럽고 따뜻하게 녹아든 5부의 동시로 구성되어 있다.

제1부 매미의 노래, 제2부 은행 나무, 제3부 눈치 빠른 고양이, 제4부 일곱 빛깔 무지개, 제5부 사과 꽃 향기로 나누어진 84편의 동시로 직조되어 따뜻한 마음과 순수한 숨결로 어린이들과 어른들 에게도 위로와 평안한 마음을 안겨줄 것이다.

조용한 성격의 소유자인 지영자시인은 자연과 교감하며 목가적인 서정으로 형상화한 정신 풍경을 그리며 유년을 회상하며 쓴 동시로 친근함이 물씬 묻어난다.

이 시들은 짧지만 깊은 울림을 지니며, 독자에게 동심의 힘과 순수한 사유의 가치를 다시금 일깨워 줄 것이다.

「무궁화 꽃이」는 전통 놀이인 '무궁화 꽃이 피었습니다'를 시적으로 구성한 동시다.

무궁화 꽃이

무궁화 꽃이 피었습니다
눈 감았다 뜨고
뒤 돌아 봅니다

술래가 되어 찾아 봅니다
움직이지 아니하는 발
모두 꼼짝하지 않네요

- 중략 ---

무궁화 꽃이 떨어졌네요
움직이는 발 찾았습니다
다시 무궁화 꽃이 피었습니다.

단순한 놀이의 규칙과 움직임을 반복 구조 안에 담으며, 어린이들 사이의 긴장감과 집중력을 잘 포착해냈다. 마지막 구절 "다시 무궁화 꽃이 피었습니다."는 놀이의 끝없는 순환성과 생명력을 상징하는 듯하다.

「붕어빵 이래요」는 가족에 대한 사랑과 정체성의 인식을 다룬 시다.

붕어빵 이레요

사람들이 나를 보고
붕어빵 이래요
길가에 파는 붕어빵
내가 좋아 하는 고소한 맛

천원 주면 세 개 주는
따듯한 붕어빵
내가 좋아하니 나를
붕어빵이라 할까

아니래요

내가 엄마와 똑같이 닮아

붕어빵이래요

예쁜 울 엄마 닮아 참 좋아요.

처음에는 붕어빵이라는 별명을 의아하게 여기지만, '예쁜 울 엄마 닮아 참 좋아요'라는 마지막 구절로 마무리되며 유쾌하고 따뜻한 정서가 전해진다. 붕어빵이라는 매개체를 통해 부모와 자녀의 유사성과 사랑을 상징적으로 연결한 점이 인상적이다.

「성탄 선물」은 크리스마스의 기억을 담은 정감 어린 동시다. 성탄은 세계 어린이들이

기다리며 좋아하는 세계적 명절로 자리 매김 하였다. 성탄이 되면 기다려지는 산타 할아버지의 선물 다시 생각하여본다.

성탄 선물

탄일종이 땡땡땡

어릴 때 부르던

생각나는 성탄 노래

착한 아이에게 주는
성탄 선물
생각만 하여도
기분 좋은 선물.

"탄일종이 땡땡땡"이라는 의성어로 시작하여, 독자의 귀를 사로잡으며 어린 시절 들었던 성탄 노래와 구세군 자선냄비, 산타의 선물을 기다리는 마음을 소박하게 그려낸다. 선물을 받는 것이 단순한 물질적 기쁨이 아니라 '생각만 하여도 기분 좋은' 마음의 선물이라는 결말은, 아이들의 순수한 기대감을 담아내며 따뜻한 여운을 남긴다.

「독도 여행 한 번 가요」는 어린이의 시선으로 바라본 역사 의식을 담고 있다.

독도 여행 한 번 가요

엄마 독도는 우리나라 땅이라고

선생님이 이야기 하시는데
일본은 왜 자기네 땅이라고 우기나요?

-- 중략--

미국 막내 이모 할머니가
20년 만에 한국에 여행 와서
울릉도를 거쳐 독도에 여행 왔다고
카톡에 사진을 보내 왔어요

바위 같이 생긴 독도 섬
보면 볼수록 신기하네요
엄마 우리도 독도 여행 한 번 가요.

'왜 일본은 자기네 땅이라고 우기나요?'라는 질문은 아이답지만 동시에 어른들에게 묵직한 물음을 던진다. 지도와 카카오톡, 할머니의 여행 이야기 등을 매개로 아이는 독도에 대한 관심과 주체적인 인식을 형성해 간다. 마지막 구절 "엄마 우리도 독도 여행 한 번 가요."는 지극히 평범한 바람처럼 들리지만, 그 안에는 '알고 행동하고 싶은' 주체적 어린이의 성장 의지가 담겨 있다.

산타 할아버지

"산타 할아버지"는 아이들의 세계를 아이의 언어로 정직하게 표현한 동시집이다. 역사와 놀이, 가족과 계절의 감성을 주제로 하여 어린이의 눈과 마음이 얼마나 맑고 넓은지를 보여준다. 이 동시집은 어린이뿐 아니라 어른 독자에게도 잊고 지냈던 순수와 사유의 깊이를 일깨워주는 소중한 문학적 선물이 될 것이다.

로뎀 시집 ⑫

산타 할아버지

지영자 세 번째 동시집

■
초판 1쇄 인쇄 / 2025년 10월 27일
초판 1쇄 발행 / 2025년 10월 31일

■
지은이 | 지 영 자
그 림 | Lucie Bibolet
펴낸이 | 민 병 문
펴낸곳 | 새한기획 출판부

■
주소 | 04542 서울특별시 중구 수표로 67 천수빌딩 1106호
TEL | (02)2274-7809 / 070-4224-0090
FAX | (02)2279-0090
E-mail | 21saehan@naver.com

■
출판등록번호 | 제 2-1264호
출판등록일 | 1991. 10. 21

값 10,000원
ISBN 979-11-995326-0-1 03810
Printed in Korea